JN022316

牧野植物園

渡辺松男

Watanabe Matsuo

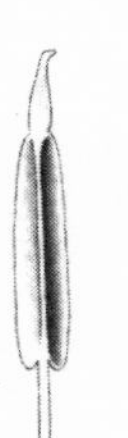

書肆侃侃房

牧野植物園＊もくじ

I

鏡　010

じかん　015

駅　020

救急車　023

悪心　025

運動　027

老い　030

こども　033

II

からだ　042

体温と撮る　047

こゑ　049

歯　052

はだか　054

こころ　056

ゑんぱう 058
ゆめ 060
息と風 062
雲と雨と雪 066
炎暑 069
ひかり 070
空 072

III

さかな 078
海 080
山 085
猿と熊と牛 095
滝と鳥 097
清流 100
鍾乳洞 102
バラギ湖 104

下山　107

Ⅳ

色彩学　110
日溜り　116
紙と火　119
夕焼け　123
クルマ　126

Ⅴ

牧野植物園　130
竹　131
さくら　134
あぢさゐ　137
ひまはり　140
くだものと木の実と野菜　143
四本六本八本　146

蜩　149
すずめ　154

VI

ふつう　160
いせさき　161
無効分散　163
密集　166
入口出口　169
洋種山牛蒡　174
アンジャベル　177
麁食　180
さかひのシアン　183
全霊　187

あとがき　188

装幀　毛利一枝
装画　Walther Otto Muller
「Kohler's Medizinal-Pflanzen」1887
「Artemisia Cina Berg」部分

牧野植物園

I

鏡

赤松はひとつのこらず鏡ゆゑ出口のあらぬ赤松林

小石にて砕けんものをある男鏡の中に重量挙げす

まぶしかる四囲の秋桜(こすもす)われがもし鏡であらばしづかに狂れむ

西方浄土東方浄瑠璃みな鏡ここの赤子もうつりてをらむ

ふくかぜのためらひ　うッと咽に息　鏡面に百合ゆらりと開き

一頭が花瓶の百合にとびてをればしばしば蠅が鏡に映る

ラッシュアワーにしまはれてゐる鏡の数鏡がしまふ眼光の数

おのが瞳のきらきらが気になりいだし鏡を割れば蒼穹（そら）がぎらぎら

死ぬまでの未来の自分がをさめられ鏡にありぬ太平洋や

全部ある、映らざれどもいま鏡みてゐるじぶん以外のじぶん

恐ろしき白髪に鏡伏せたれど鏡のほかに自分を知らず

全面の鏡の部屋に生きんためわたしを消しぬ鈴音遺し

閉ぢられてある鏡にて白鳥は漆黒の夜をわたりの途中

大きなる鏡には蒼穹（そら）全体をうつして鏡の奥に特攻

じかん

矢のやうにじかんのとびてゐるなかに野仏も矢のごとくに飛べる

いま牡丹剪りしはたれか一瞬を新幹線はその音の中

千四百年後のわれを通過せる聖徳太子にて一刹那

起滅せる刹那刹那を凍らせてつかみとりたるこれがビー玉

木をみつつ森の最後の一本の木とすれちがふまでが現在

校閲に了と書けるはをはりたることとはじまることが含まる

わが時間ここにしばらくありぬればここは露草の方からしぼむ

ひとつかみほどの眠りをえしのちにまたひとつかみほどを眠りぬ

ふりかへりめくる一日一日が麻の喪服のごとくにうすら

臼に蝶翅とぢたれど動くものとうごかぬものと時間がちがふ

俄雨あれがわたしでありしよとべつのわたしが晴れておもひぬ

きのふから名のなき橋に名のつきてはや一日分なにかの薄き

駅

金翅雀(ひは)たちがビールの泡のやうに鳴き黄葉はげしき秩父鉄道

線香花火ぐらゐのときめきはしたり八高線にて連結の瞬

わが過ぎしかぞへきれざる駅のなか降りしはわづか額（がく）あぢさゐや

玉淀とふちひさな駅に降りしとき曇りの似合ひてゐたると思ひき

紺の濃き花弁ぴいんとふたつたつ露草へ駅井野といふ名の

卯月の夜ふはつとうかび銭函とふさみしいところに降りしともし火

無人駅から無人駅へと行く途中家族のありて車窓の紫雲英（れんげ）

独りにて腋下の燃ゆるさみしさは駅のカンナにすぐ目がゆきぬ

救急車

大き布ひきずるやうにふく風の救急車逐ふやうにも吹ける

麦穂波くぐりてくぐりてなほゆけどくぐりやまざる救急車の音

映画館いでしごときのまぶしさとむなしさと時間差ありて手術後

まばたきは蝶々みたいに羽ばたくとあたらしき病室におりたつ

悪心

はるかなるところへ悪心をとばし応仁の乱の火の粉とあそぶ

すずしさと怖さと重なる領域にみめかたちよき信長の座す

ビー玉は処刑のあとの眼球かころがりゆけば山河が廻る

転ずるは山山なるかわれの眼か落ちつけ山が静止するまで

あのときのわれは戦の了りにし桶狭間にて鳴く蟬なりき

運動

日輪は虚空に住しおちざるをバスケットボールにドリブル繁き
バスケットボールのロングシュートにてボールとゆびの自他となるとき

体操女子の筋力うごく風のやう影なき風はうつくしきかな

ゆびさき、全神経の火をともし蛍は跳ぬるダンサーの指

ヨンジフニ点イチキウゴキロ見えぬものなにも背負ふなマラソン走者

ちさき虹福島千里とかさなりて十一秒間疾走し消ゆ

老い

ところどころ地を湿らせてゐる老いの気ままに撒くも予言のごとき

皺くちゃの細目の奥のかなしみのその奥のおく虚空燦燦

野分など山姥の息ふきあるるむかしばなしがいまここを吹く

ろくぐわつのなにをおそれてゐる視野か鯉はくらやみ老婆は嵐

独居老木まふゆはどれもたたかふにとくに胡桃は頂芽をたてて

悟りなどなきこと悟るごとくゐる変な老いにて麦わら帽子

こども

鯉のぼり山を泳げるこどもの日山も泳ぐよ子どもの眼には

花も木も丘もころがるはつなつのいちばんころがるこどものからだ

少年の乾いた藁のやうな香の元気発散大バク転す

たんぽぽの黄の花うまし嚙めるたびあたりまぶしく産声きこゆ

黒斑山(くろふ)の影浅間山(あさま)をのぼり切りたれど日は沈まざれ端午の節句

大きなる空き缶のごとき泣き声を赤子は発し通りをゆくも

雨あがりの偶然なれど並びたつあぢさゐの花ヘルメットの子

幾重にも過去とかさなる雨音のでだし迷子となれる幼子

そよかぜにかたばみの種弾けさう小学生のはつ恋に似て

枇杷の実の熟るるをみつつ枇杷の実と恋との区別つかぬ少年

七夕の浴衣におよぐ金魚の目恋はちひさなところより来し

かがやく目　蝶々をみて古墳には翼の仕舞ってあると信じて

明快なる拍子木の音とたかぶるにすれちがふとき少年なりき

合唱団の、われの知らざる歌のときの、太き輪ゴムのやうなくちびる

踏切を渡り切りたるしまらくをひとり占めして栗の花の香

春は野に金色のゆびやはらかくトロンボーン吹くあの子がツクシ

ナナハンを駆る女の子愛(は)しけれど遠くにみれば蚊のとぶごとき

幼弱のわれにかへりてひもすがら泉みてゐてなぜつかれざる

II

からだ

木洩れ日が汝（な）がくるぶしにあたるときくるぶしから飛ぶやうな汝れなれ

正座せる若き太ももに大気圧おしかへすごときみなぎりの充つ

太陽を吸ひこむ肌と弾く肌気分で変はるおなじ少女が

水晶玉ころがりゆけるを捕らんとし前屈したり首ながきひと

首ながき指ながき色桜のひとのやはらかさうな力瘤かな

つゆどきの香水重くよどむ部屋ルノワールの女は絵はがきなれど

わが体表のこの覚醒はオーロラのやうな感じに銀河のゆるる

いちいちの細胞に蝶の舞ふわれは谷川連峰の朝焼けをゆく

切株に座りながらにさへづりの海に浮かんでゐたりからだも

皮膚冷えて皮膚よりいでし一粒に塩の時間の結晶をみる

ゆびさきに死の国があり渦をまくその国五つ日向にさらす

おしっこの切れわろきかな視力表の丸ぽとぽととおつる感じに

体温と撮る

にぎつてと言はれてにぎりかへすゆび花水木まだなれどもまぶし

手をつなぐのみにてきゆる境界の沼地のやうなこのあたたかさ

梵鐘ゆ来る低音に体温のごときのありて夕べ濃くなる

歩きなば足が忘れてゆく道の歩かむ前の輝きを撮る

あぢさゐのことしは淡き毬を撮る父を亡くして死を知れるひと

こゑ

まだわれであるかのごとくわがこゑがみづあめのばすごとく離るる

存在をひびきあはする林にて声の太さとして立つ樹幹

あめあがり鴉のこゑのつやめきてこちらへ向かふ空気のふるへ

金色の身でありながら号泣のはげしさにちる公孫樹の落ち葉

団子虫のやうなる涙吊るすときここから俺は号泣をする

やまばとのくぐもりて鳴くその喉のふくらみがあさまだきの窓に

鵯（ひよどり）のさわがしき鳴きごゑのなか澄めるこゑあり昼の三日月

摂氏三十八度の昼に鳴くこゑの山鳩の切なさが全開

歯

ビル街を光りて過ぎしひとすぢの飛行機雲はたれかの歯痛

おそれをもいだきぬべしと歯のちから白骨にのる蟷螂にある

歯ならびを風にあてつついつしかも歯ならびのみがのこりぬ山に

鬼やんまの顎の上下にうごくみてちひさなる悲喜吹つ飛んでゐる

かうもりの前歯のやうな小ささにみどりごの歯のはえそむらしも

はだか

全貌はどこからもみえないやうに脱ぎ日本庭園みたいと思(も)ひき

日光のわざわざ植物園へきてかけぬけてゆく素裸の四季

まはだかの馬疾駆する壮快や赤城山が雲の上にある朝

こころ

こころには追ひつけぬ桜の坂ながらこころもかなりゆつくりあるく

こころをからだにぴつたりあはせてゐる武者のこころが肌につるつるとして

ペットボトル一本で誘惑できるとかひとのこころはたいがい火事で

からだにこころが付いてゆけないこどもたち積乱雲がじぶんと知りて

短冊に出会ひと書ける七夕の回想は汗なければ涼し

ゑんぱう

冬けやき地平に並び立つみつれ遠いところをこころと呼びて

鐘の音の鐘をはなるるつぎつぎを犬ふぐりなど咲きぬ遠くに

求恋に似たるおもひにゆく川の過去をたどれば遠くて高き

一本一本日あたる幹を過ぎにつつ遠くをみれば日のなき並木

淡路島に朴の花咲くゆきしことあらざるところランプのごとく

ゆめ

シャーベットその藍色のとけゆくをみてゐるめだまそのものもゆめ

見しことのなきゆゑにまばゆくもみえ飛脚がゆけり雨後のまぼろし

光蘚ひかりつづくるうすやみをそつとしておくゆめなのだから

木のかげの空にうつりてゆれてゐるかるいくちづけなりしをいづこ

息と風

ひと息に人類全史生物史吸ひこむ神の吸へば吐きだす

地球よりまるいピンクは吹くひとの息の入りて浮くシャボン玉

木は舟のやうにわたしを息(いこ)はせてゆつくりゆるる丘の一本

息なきもひとつ綿雲浮かすごとややひらきたる死者のくちびる

くりくりとよき音をたて手のなかの胡桃はふたつ風の魂

高山のお花畑を吹く風がダイヤにあらんダイヤを研がな

つかのまの青嵐すぎてひとはやあらざりけると赤煉瓦ある

ハンカチに骰子(さいころ)あまたある図柄あきかぜくればあきかぜにのす

すでに砂掃き終へてある秋の日の竹箒から風音きこゆ

雲と雨と雪

わがにぎる百円だまよりはかなきを入道雲とよばれて暴る

どの雲のかげにて八月は生るるすずしきところ石造ねしやか

いちめんの瓦礫にぢかにのる雲のあつい白さが瓦礫を圧す

まんじゆしやげの青葉ふみつけ過ぐるころ背後からきしきさらぎのあめ

えいゑんはとまりて落下せぬ雨を五十階にてつまむほそき手

未明にてふる雪ずつとふるだらうおもへば怖し埴輪の眼など

炎暑

炎暑にて無人の町のみづたまり蒸発をして足跡となる

駝鳥の卵が天で割られたやうな陽ががんがんと照り真夏熊谷

ひかり

豹のねがへりに似てゐるいなづまは夜中をひるまにいつしゆんかへて

快感の連続だらう　たんぽぽをつつく鴉の嘴（くちばし）の輝り

いなびかり自が金色にひらめきて山あらば山へ金をぶちこむ

光とは何かあらざるところにてかがやくものか一人の欠如

街へ手を瞬時に開きながら落ちなにもとどかぬ雷光をみし

空

飛んでゐるとんぼのひかり舞ひてゐる蝶のひかりも秋の大空

蜻蛉らの三億年の境涯を托(の)せてみようと大空がある

このさみしすぐる杯(はい)には地平まで秋といふ名の空(そら)が満杯

凩の青空のみとなりはつる世界へいでて余分がわたし

ただ蒼き空あるのみに不二山の山開きとて何を開きし

ぱんぱんにふくれあがれる深空ゆゑそこへ向けたる鶴のくちばし

めがねにはめがねの空が青くあり死にてからゆくところの広さ

あめ晴れてさへづりのみのある空のあかるさのまま、あのひとはゐて

山頂にてなほも仰げばゆく雲のきえたるのちを空空(あ)いてゐる

霊能者われをみてすつからかんといふすつからかんは天翔るとも

鳥骨鶏の卵(らん)をひるまにのみこめば黄身のかたちが空にもありぬ

III

さかな

ふんはりと鯰の肉は雲のあぢ城下のぬまのうつす雲かも

白子（しらす）さへ火を発しつつおよげるを水中なればあらざるごとき

さかなとて炎昼に死なば悔いあらむ風鈴の音にさかな生るるよ

海

太平洋淡く日本海の濃き同じ青にて重ねがたしも

このなかに叔母が住む島佐渡島地図では蜆蝶に似てゐて

海に鍵かけしはたれか鯛たちが溺れかかつて海が鯛いろ

釣り人のしづかなる目をひきつぎてたつ灯台がつぎの釣り人

小さき虫砂掘りてをり海音に波音以外あらざる浜辺

石狩川河口へ曇天下にゆきて影なきわれは河口に見入る

石狩川海へ入らむと盛りあがりもりあがりつつ海をおしのく

わたしから連続したる海面がややもりあがり小船のきゆる

post card

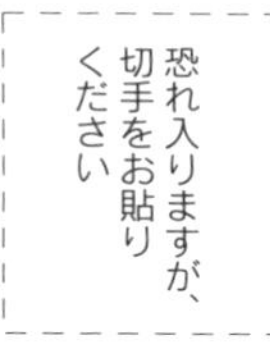

810-0041

福岡市中央区大名2-8-18
天神パークビル501

書肆侃侃房 行

フリガナ
お名前　　　男・女　年齢　　　歳

ご住所　〒

TEL(　　　)　　　ご職業

e-mail：

※新刊・イベント情報などお届けすることがあります。　不要な場合は、チェックをお願いします→□
著者や翻訳者に連絡先をお伝えすることがあります。　不可の場合は、チェックをお願いします→□

□注文申込書　このはがきでご注文いただいた方は、**送料をサービス**させていただきます。
※本の代金のお支払いは、本の到着後１週間以内にお願いします。

本のタイトル	冊
本のタイトル	冊
本のタイトル	冊

愛読者カード

□本書のタイトル

□購入された書店

□本書をお知りになったきっかけ

□ご感想や著者へのメッセージなどご自由にお書きください

※お客様の声をHPや広告などに匿名で掲載させていただくことがありますので、ご了承ください。

◀こちらから感想を送ることが可能です。

書肆侃侃房　http://www.kankanbou.com　info@kankanbou.com

みえざる海の全体量をおそれつつ焚火をなしぬ盆の夜の浜

涼し、寒し、まだ独身のわれのゐて象潟（きさかた）の海に花火をみてし

晩夏の夜の浜に迷ひし記憶の奥日本海とはわれには焚火

松風の消ゆべく海のあるところ東尋坊には二度立ちにけり

山

摩周湖の澄める巨眼をのぞきこみぐつと冷えたる鶚(みさご)の翼

磐梯山山体崩壊にてみするあらざる山のかたちの無限

綿菅は尾瀬ヶ原にて挨拶の咲くやうに咲くかついちめんに

剥製の狗鷲（いぬわし）をみし翌日に狗鷲は飛ぶ武尊（ほたか）山上空

なぜ弾むひととの遊歩玉原（たんばら）に黄鶲（きびたき）をみて日照雨にあひぬ

胸うすきひとにもおよぶ水楢の幹を直撃したる陽ざしは

はなびらは歓喜して咲く鬼百合の勢ひのありすぎてめくれる

みづうみに憩ふボートは毟られし鳥の羽浮くごとくにあまた

死ののちの安穏にある倒木を覆へる苔が倒木ごとに

青苔の連続体の勢ひがテンプルを越え民家へ迫る

ひなくもり碓氷峠は自転車をこぐ人も木も猿も新緑

ひなくもり碓氷峠の西東けふ晴れは西くもりは東

峠を越ゆるとんぼを峠はみてゐたり還つてはこぬ赤き大群

死ぬ気なら狂ひはじめた空がいいがりんがりんと妙義(めうぎ)山がそびゆ

山頂はしんとかなしくこころなど寄せあふやうに集落のみゆ

こぢんまりまとまりてゐる集落を耳にたとへむ星ふる夜は

筆先にちやうど浅間(あさま)山をなづべかる遠近ありて白銀をなづ

浅間山けふは灰色にてみえずほぼ平面へわれはつつこむ

大空や浅間山から仰ぐとき積乱雲は巨鳥の卵

感情をあらはすやうに波うつは山のかはりに芒の揺るる

岩を行く全身赫き羚羊をなほ赫くせる落日球や

山火事のやうな躍動にて湧ける泉みてゐてすごく逢ひたき

眺望のきくところにてここの芒眼下の関東平野を撫づる

ぼんやりとしてゐた山の稜線が窓を閉めつつよくみえはじむ

郷愁のごときは何の窓口かうす曇りにて山は濃くなる

御嶽山山頂から送られてきし日の出は撮れるひとを染めゐん

あけがたの赤富士たつた一枚の実景がわれの眼にははりつく

椅子などは飛ぶためにあると知つたとき飛んでをりたり富士を眼下に

蚊や蜂や蝶や蜻蛉や蟬などが飛行中にて地震列島

猿と熊と牛

緑髪のみだるるさまに木木のゆれ猿の集団が梢をゆけり

高原はあちらこちらにねむる牛白い牡丹の置かれたやうに

電線にいこふきじばと糞するとはつかにひらく肛門あはれ／高野公彦

牛にしてまた無欲にていでてきし糞切るときの肛門の力（りき）

せつなさの一切を目にあらはして熊はおよぎてゐたりダム湖を

このやうな淡さがすきだ高原の牛にとんぼの止まる立秋

滝と鳥

知床のオシンコシンをたぐりよせ亡き妻が滝へ登る白靴

滝をうけ滝に回転する魂に全色ありて狂はむか魂

白糸の滝へと下りるわがうちに累乗的に秋桜ひらく

全開の孔雀の羽の極彩よそのとき津波予報のきたる

椋鳥のちさき脳(なづき)の発火して打上げ花火のごとき大群

那須の野のきのふのけふの郭公がよく鳴いたよと亡妻(つま)の言ひしか

だれもしらぬ秘境の繊き滝のやう　祈りなどしてみむとおもへど

清流

あのへんは遠く清流だつたのだスカイツリーを天魚（あまご）がおよぐ

椈（ぶな）たちはむかし音楽だつたから名残の山女魚そこからおよぐ

嘉礼　嘉礼　初夏のつめたき渓流を素足でわたりながら汝とわれ

さくらのゆめの清流なればすずやかに桜が泳ぐ岩魚にまじり

鍾乳洞

われがわが耳道へ入る錯覚に鍾乳洞の入口にたつ

鍾乳洞は入るまへからひんやりとひとあらばひとの魂をすひこむ

鍾乳石のしたたる音は音ごとにみな閉ぢられて洞の漆黒

点々と灯るあかりが鍾乳洞に幽閉されて近くを照らす

鍾乳洞いでてしばらくあるきつつ光の筒の中ゆくごとし

バラギ湖

バラギ湖の桟橋にいま釣るひとが世の中にゐてわれが視てゐる

バラギ湖の桟橋がけふ長くみゆ帰雁の通過したるがごとき

バラギ湖の桟橋に今だれもゐずたまたまわれのみたるこの今

バラギ湖の桟橋に人ゐざるまま終はりたる桟橋の一日

釣り人は埋み火なりやバラギ湖の桟橋の先霧にてみえず

雲のまだ立ちあがるまへバラギ湖のしづかなる朝に気球のうかぶ

水紋が蛇腹にみゆるバラギ湖に凪いでてまた陽の角度にて

下山

一歩づつ全世界足のうらにきて世界を移しながらの下山

IV

色彩学

流氷のやうなる卓にそれのみの置いてあるときの赤い爪切り

箸渡来以前の邪馬台国卑弥呼顔料赤き塗れるがみゆる

そのめぐりにんじんいろにみつるときにんじんは悲しにんじん売場

歩いたことだけが記憶にのこるだらう五色沼とて雨の日なれば

残像のごとき連続感として鷺の殺されても白かりき

青き布ひろげてなにもなきごときいいぢやないかそれで山のみづうみ

五月の樹冠つきぬけてくるひかりにてめくるページもみどりに染まる

封筒の苅安色におもふとき質素でありし数学教師

風音が藁色にみえてゐしからにかたつむり死に貝殻残る

鳥たちを色とおもひぬ色たちが放れたがつて落葉いろいろ

そのころゑは丹（に）にも翠（すい）にも金茶にもみえて合唱をはらば落ち葉

季節にて岸の銀にもみどりにも黄にも赤にも蛇川ながる

体温を発しながらに枯れてゆく草木なりや金色世界

死者たちの色彩学が花なるか風より澄める山の花々

オートバイ駆るときわたし山河なり色彩学がわたしなのです

せいしんの隔離室にておもひにきまつしろさには際限がない

日溜り

世界地図床にひろげて爪を切るに乾ける音は天空を飛ぶ

カンガルー抱へて跳ぬる勢ひやトランポリンがオーストラリア

あそびたがつてゐるめだまにて見てすぐるカリフォルニアの風車の並び

カリフォルニアの風車のまはる娘の眼ひろらかな丘もありて牛ゐる

てのひらの泉のやうにつめたきを摩天楼にて君は開きき

みんなちがつてみんないいけどみな急ぐスクランブル交差点が日溜りなのに

紙と火

文字の意味ならひたるとき紙などの燃えやすきものに文字の載りをり

祖先らのおいてゆきにししめりけか冷気かひらく和紙(わがみ)にありぬ

夏至の日をひとつの極端とおもひ白紙にただ一と書きたり

公園に乾きて黄ばみたる紙ゆ蛾の鱗粉のごとく文字ちる

白紙に米（こめ）と書きたりボールペン赤きのありてなんとなけれど

画用紙のただ一点へおとしたる雫のやうにちひさな墓石

タバコの火わけあふことのもうあらず無きといふことそよかぜに似て

ランプに火もらひにゆきぬ火にのりて今日は帰りてこぬひとあらず

線香ゆ線香へ火をわたすごとはかなきことを全人類史

夕焼け

われに住む兆の小人の運動のはげしきにとどろける夕焼け

夕焼けに濡るるは液体に濡るる毛沢東も河馬も泳がば

夕焼けを生める地球のふかき嘆き渡りの蝶もまぬがれがたき

抱かんとき山の斜面の笹の葉を夕日がすべりおつがに逃ぐる

落ちながら大きくなれる日輪の地平すれすれダンプカー過ぐ

筆先にひらがな生まれ、夕映えのみじかきに誕生したるをぜぬま

失恋の仕方のなさのごとくふる夕立なればびしよ濡れがいい

クルマ

高速道の大渋滞をわが口ゆ吐けるがごとくながくひきずる

鬼胡桃おとしし床は小諸へと走行中にて高速道路

駆けぬけて一瞬ホワイトアウトくるそののち佐久の向日葵畑

琥珀のいろのクラシックカーの小型なるぽこぽこと来てぽッこと止まる

V

牧野植物園

土佐の牧野植物園へ飛ばしたり日差しとなりてわたしのからだ

全身が雨となりふりをはりなばわたしきらきら土佐の新緑

竹

火といふは笑みにあらずや竹と竹うちあふところ火のおこる山

てりかげりくもりとはれの青竹のはじきあふ音(ね)がつぎつぎ海へ

やーきいもーいしやーきいもーやきたてーふはつとゆれて竹しづまりぬ

眼がありぬ　一時間ほどしづかにて散る竹の葉は石仏のうへ

音のみに川のながれて竹林のけふのゆふべは小川をながす

青竹の滑るやうな艶のたちならぶあめの日をひとに会はずときめく

竹の花咲けるといふはほんたうか連想が廃墟へおよぶまでゆく

さくら

亡きひとは移りかはりのなかにゐて顕はれきつてゐるさくら花

さくらばなその花むしろひらめけりぽりえちれんのラップ切るとき

さくら森風に波状をなしてをりくねーるくねーる集団憑依

花冷えのなか来たれるにもくもくと一緒に冷ゆるわが爪二十

しにたい死にたいしにたい死にたい欲望は桜杜ごと酢に漬けてみる

だから惹かれてみるのだらうかちる花のさくらにいかなぬくみもあらず

あぢさゐ

あぢさゐのあかむらさきが風船のやうに浮かびぬ雨の切れ間に

あぢさゐもその花かげの濡れ猫の気配もつつむやはらかき雨

やまびこをたつぷりふくむ紫陽花のふくらみへ霧深山の村は

あぢさゐの球を大きくしたやうな優しきことは円墳に雨

あぢさゐの白き球体と白鳥と季節をこえて呼びあふきこゆ

寺院ひとつ無くなりにけり無きめぐりあぢさゐの玉あまたの浮かび

ひまはり

向日葵が渦巻く街の中に来て街が渦巻く向日葵の中

十方へ炸裂したるごとく咲きかたちは保つひまはりの花

炎昼を逃げんとよろめきながらゆく足跡すべて向日葵の渦

考へると見るを同時におこなひて眼はらんらんと向日葵の上

色彩のなきところから吹く風に向日葵畑影ばかり揺る

すでに秋こころに黒き向日葵のひと際高く、　まちがひのまま

ボリュームのある亡魂の涕涙(ているい)かどろりと黒く空のひまはり

くだものと木の実と野菜

とはにただひとりのためにビッグバンなんてなければよかつた苹果(りんご)

枇杷の実にみちゆくしづかなる恋の手のとどくほどの宙(そら)はせつなき

青ぐるみ小諸城址にひろひつつ千曲川へとくだる蜻蛉と

胎外にみごもりてゐるをみなにてその子どもあまた苺の赤き

軽トラの止まればそこに胡麻の花急ブレーキをかくればどつと

晩夏ゆふぐれ茄子の実黒く紺色の重油に浮けるごとくに実る

赤き水の氾濫をとぢこめたるぎりぎりの張りを西瓜にみたる

はつ恋は夢のやうにて新聞に西瓜の淡き匂ひののこる

四本六本八本

落日の染めたる蝦蟇と踏まれたる赤い牡丹とおなじ華やぎ

七節虫（ななふし）の六十センチ強のゐてひつそりさにもスケールがある

かなかなの一連の鳴きごゑのなかとくにひかりて注連縄太き

えいゑんゆえいゑんへゆく蟻の列それへ影してみあきぬこころ

泣くめだま流転しながら今泣きぬ翅三枚のとんぼの飛びて

戦乱をあまたみてしをくりくりと葦の先なるとんぼのめだま

つぶしたる蚊の臭ひかすかある指で割箸をさくときに独りだ

栲領巾（たくひれ）のま白き卓の平原を子蜘蛛は走る八本の脚

蟬

盲（めしひ）なる蟬をおもひぬふるひつつ炎昼に鳴く蟬のどれかの

テレビの中のテレビの中の欅からテレビの外へ外へ蟬声（せんせい）

木の幹に印鑑ほどの焦げあとは先(さつき)まで油蟬の鳴きをり

丘木(きうぼく)の蟬のはげしく鳴く下へデジャビュかさねてゆきぬ喪服で

油蟬の翅のいちまい陽に透かす死にて透かさるるあはれがここに

眼のうまれかはりて蟬となりし虫のぬけがらの眼が虚空みてゐる

恋などしたから、耳たぶ焼くるせつなさがみんみん蟬となつてしまつた

蟬の殼水に浮きをり流れざる池なれど陽にこまかくふるへ

流星群すべて音なく光れるに真昼みんみん蟬の激しき

爆ぜ止まぬ石榴のやうな蟬のこゑ一点高く空中にある

百千倍樹形をこえてひろがりぬ炎昼の木に鳴く蟬声は

黒木の上に西空があり夕焼けが濃くなる蟬の声に一層

すずめ

みんなみにみつる春陽のひとつぶのすずめのこゑが秩父へ飛びぬ

干し布団たたく軽快なる音にすずめの体は火が点滅す

切り株も石も跳躍台として雀は跳ぬるちひさな車輪

蛍袋にしまはれてゐし雀のこゑ梅雨晴れて赤き屋根へとうつる

往還はゲリラ豪雨の蟬の声とぎれたるとき雀のこゑす

雀子は無でありにしを炎昼の日のかたむきて強く鳴きいづ

へいぼんな雀の声に光るもの、すくなくも〈われ在り〉とおもひぬ

いま外で雀の吸ふはエアコンを経てわが家にありにし湿気

照柿にくれのこりたるひとところ鳴くこゑのしてすずめのみゆる

あそこだけくれのこりゐる一隅はすずめのこゑに明度のありぬ

すずめのこゑ止みしばかりにさみしきを雨蛙鳴くまでの一分

VI

ふつう

くちづけに西瓜の味のせしときにかういふふつうをほしきと思(も)ひき

いせさき

パといひてタといひカといひラといひぬパタカラパタカラ大観覧車

広瀬川、すごくしぜんにさみしさがついてまはるも春の風なり

伊勢崎といふ街に広瀬川ながれ　とどまりがわが自我のはじまり

無効分散

分散のやつぱり無効分散の蝶だつたのだ祖父の家出は

象のはな子まだ走りゐん法事にはこの地球上どこもせまくて

露といふまあるいものがわたしならまあるいままにりりんと鳴かむ

ねむれざる夜には裸電球へランプへ熾火へ星へ還りぬ

分岐点のたびに裂かれしわれありて数しれぬわれが街を彷徨ふ

失恋を地球の奥の内核の六千度なる在り処へ返す

反復を徒労と思(も)へど鶏が卵産むその一心の貌

密集

網戸の目一ミリ四方の密集をすりぬけてきし飛行機の影

ヘリコプターの叩く空気の暴力的にダバダバと来てひとを救ひつ

われはこの猫のぜんぶを愛すべく壊すべく抱き揺すり放りつ

実印を捺さんとひらくこの暑き日の印肉の朱のもりあがり

白き花スイートシスリー群れて咲き山鳩が胸茎の間ゆ出づ

幽霊のなみだのごときひとかげのあふれいでたり電車が開き

大雷雨頭(づ)にはりつきてゐる髪の能の小面に似たる顕る

入口出口

弥生の木々にさへづれるわが曄(かがや)きは同時でもあり絶え間なくもあり

乱れつつここちのよきはひとのゆれわれのゆれどこみても芽やなぎ

りんくわくのとけあひにつつ眩暈にゆるるプリンの二三十みゆ

入口と出口に目眩ひしたりしはおなじ口にて入口出口

白き霧うつすらとある廃坑の出口そのままテレビの出口

断崖のへんなところにきてしまひへんなきもちをおさへにかかる

とつぜんに木の眼飛びかひ何ごととおもふたまゆら地震のきたり

とりかごに小鳥ねむりてゐたるとき南海の島にその小鳥鳴く

をかしさはあはれに通じ相似なる蟷螂の貌露草の花

なんとなくわれの潰せる子蜘蛛には死と崩壊が同時に来たる

とんでゐる蚊をつまみたり音速でひとさしゆびをおやゆびへ打ち

プールにて浮輪と浮輪のかげの藍だれも居ぬとき影の落ちつく

外にみし柿若葉にてまぶしきが消えずにまぶし地下にきつれど

洋種山牛蒡

役所あるところをあるき来つれどもどこからか革靴に砂粒

ひるまの色はすぐめのまへのビルの壁黒いひるまがわたしを壊す

空ゆ来るあぶらのごとき量感とねばりは鴉一羽の鳴ける

鴉映しつつ雨ふりて水たまりふたつがひとつにつながらむとす

洗ひたる裸眼にみたるゆふどきの青苔の土さらにつやめく

トイレの窓黒紫にて洋種山牛蒡日に日に秋のふかまりゆくも

かうもりの飛ぶ部屋にすむ涼しさが灯を消せるのち抜身で襲ふ

アンジャベル

月夜野におりて薬を買ひにしは須臾（しゆゆ）のま若き母のバス酔ひ

母の日のコップに挿せるアンジャベル母のなきゆゑよく水を吸ふ

母の日を二三日すぎカーネーションすつるときちよつといやなかんじが

空に在す母へささぐるきもちには赭い日蝕のやうなる菊花

回忌法要はじまるまでは窓に赤きピラカンサの実ひよどりもゐる

おなじことするのにだれもみなちがふ百人の箸うごくをみをり

お別れだ　けやき並木の幹が日を反射してゐて激しき西日

麁食（そしょく）

山頂で握り飯たべてゐるわれにやつと出会ひぬ空腹のわれ

白根山みゆる窓辺のやや寒く蕎麦湯へ喉の方からうごく

食パンの四角やあんパンの丸は口にて嚙みしのちにも消えず

六月のなかごろのややさむき日のくもりびに米かひぬ鰈も

ラッシュ時に密集したるごとくなる白米の貌を一合掬ふ

葱一本たつた一本とおもひ一本とともに二月の歩道

かるい朝かるい昼かるい夕べすぎかるくなみだの滲む晩食

箸おきぬだれもがひとりとわれひとりおもひてゐたるごとくひつそり

さかひのシアン

まだ落花みぬころ壺に納めたり骨のかたさと砕けやすさと

わが妻の死ににしことも羽ばたきか花みづき眼にいりて擾乱

干し布団たたくよろこびバドミントンできるよろこび君がゐたから

残照に山山ありぬわが妻のあらざることも有彩色か

いまは亡きひとりおもへば筆の先なづるがごとくしづかなる雨

亡きがまま妻を感じてゐる初夏のそよぐ梢に黄鶲がくる

ひとおもふあやふさのまま風に木の揺れてかなかな揺るるかなかな

亡き妻がなきがままにていまにあり空と梢のさかひのシアン

玄関のこぼれ水つひに乾かざる花片とみえて妻なしいまは

襲はれし大鷺の羽ちらばりて枯野に白い日輪ありぬ

血涙の久遠にながしし一滴が火星となりて大接近す

全霊

荒海を荒海として白鳥の全霊で飛ぶときには黒き

あとがき

二〇一六年の作、四〇〇首をおさめました。このうち七三首は書肆侃侃房の「ねむらない樹vol.8」に発表し、残り三二七首は未発表歌です。記憶と想像で詠んではいるものの、できるかぎり体感が伴うようにしました。比較的落ち着いている内容の歌集になったと思います。歌集中、牧野植物園を詠んだ歌は一首しかありませんが、小学生のとき牧野富太郎を知って以来、彼を敬愛しており、母方祖父の名も富太郎ということから、記念に十冊目の歌集名としました。牧野植物園へは三十年くらい前に一度行き、じっくり観て回った記憶があります。そのときはあたたかくてよい天気でした。

前歌集『雨る』に続いて本歌集も書肆侃侃房の田島安江さんにたいへんお世話になりました。田島さんは私の第一歌集『寒気氾濫』の復刊もしてくださいました。ありがたく思っています。装幀は、これも『雨る』に続いて毛利一枝さんにお世話になりました。味わい深い装幀ありがとうございました。

二〇二二年春

渡辺松男

■著者略歴

渡辺松男（わたなべ・まつお）

1955年5月、群馬県伊勢崎市生まれ。
前橋高校を経て東京大学文学部卒。
歌集に『寒気氾濫』『泡宇宙の蛙』『歩く仏像』『けやき少年』『〈空き部屋〉』『自転車の籠の豚』『蝶』『きなげつの魚』『雨る』。
句集に『隕石』。
現代歌人協会賞、ながらみ現代短歌賞、寺山修司短歌賞、迢空賞を受賞。
「歌林の会」会員。

かりん叢書395

歌集　牧野植物園

二〇二二年六月二十三日　第一刷発行

著　者　渡辺松男
発行者　田島安江
発行所　株式会社 書肆侃侃房（しょしかんかんぼう）
〒八一〇・〇〇四一
福岡市中央区大名二・八・十八・五〇一
TEL：〇九二・七三五・二八〇二
FAX：〇九二・七三五・二七九二
http://www.kankanbou.com　info@kankanbou.com

DTP　黒木留実
印刷・製本　モリモト印刷株式会社

ISBN978-4-86385-522-9　C0092